MW01142904

Para minhas filhas e todas as crianças herdeiras da língua portuguesa

Sapo Cururú

texto e criação de ANA CRISTINA GLUCK com ilustrações de MARDEE SANTOS

Bem longe da cidade, no Vale Solamar, morava o poeta do rio: Sapo Cururú. Ele adorava cantar suas poesias e espiar as rãs que por ali saltitavam. Criava lindos versos de amor, pois estava à procura de uma pretendente para se casar. As rãs se derretiam com as suas melodias. Mas, vaidosas, não queriam dar confiança para o poeta, por causa de sua fama de não ser trabalhador.

1-2

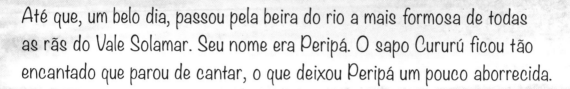

Até que, um belo dia, passou pela beira do rio a mais formosa de todas as rãs do Vale Solamar. Seu nome era Peripá. O sapo Cururú ficou tão encantado que parou de cantar, o que deixou Peripá um pouco aborrecida.

— Por que está me olhando assim? Vim aqui só para conhecer o famoso poeta do rio. Depois de uma longa viagem, o que encontro é um sapo com cara de bobo? Era só o que me faltava! Pois saiba que não dou confiança para sapo boboca em beira de rio e que, ainda por cima, não gosta de trabalhar.

3-4

O sapo poeta, que estava hipnotizado com a bela rã, levou um grande susto ao ouvir aquelas palavras e quis se defender:

— Pois a senhorita fique sabendo que sou sério e trabalhador. Sou conhecido por estas bandas como "Grande Poeta do Rio". Me chamo sapo Cururú, seu servo, e procuro uma rã para me casar. Segurando na mão dela, continuou: — Estou às suas ordens, bela dama, e faço o que você mandar!

— Mas você tem, pelo menos, uma casa para morar? — quis saber a rã Peripá.

— Eh... hum... — o sapo parecia que tinha perdido a fala, ou engasgado com alguma mosca — Bem, é que eu adoro a vida aqui mesmo, na beira do rio. Daqui posso admirar o nascer do sol, o poente, a lua cheia e o brilho das estrelas.

5-6

— Ora, ora, poeta! E como faz para se proteger do frio, da chuva e de animais predadores? — quis saber novamente a rã.

— Eu canto! O meu canto me aquece, me protege e afasta todo o mal. Você verá como viveremos felizes, com nossos sapinhos à luz do luar!

— Comigo não, violão! Sai pra lá com essa conversa sem eira nem beira. Quem casa, quer casa e eu não estou aqui para cair na sua rede furada. Passar bem! — disse Peripá, saltitando para nunca mais voltar.

7-8

No dia seguinte, chegou uma forte frente fria na beira do rio. Cururú, como sempre, cantava para se aquecer e esquecer o frio. Cantava também na esperança de ver Peripá retornar. Mas o sol nascia e se escondia atrás da montanha... vinha a luz do luar e o brilho das estrelas... e assim, dia após dia, noite após noite, esta rotina se repetia. O pobre sapo acabou perdendo a conta de quanto tempo passou à espera de sua amada.

Porém, enquanto esperava, o poeta acabou construindo uma bela casa de galhos de árvores, com direito a porta, janela e varandinha para os sapinhos brincarem. Sonhar não custa nada... e a notícia se espalhou pelo Vale, com todos os animais curiosos para saber quem era a noiva do sapo Cururú.

9-10

Quando deu os últimos retoques em sua construção, Cururú sentiu um grande cansaço e foi para sua casinha se deitar. Além disso, tornou-se triste porque sua amada não havia retornado. Mas decidiu levantar e, ao abrir a janela, não acreditou no que viu! Pulou para a beira do rio e, de longe, reconheceu o jeito formoso de saltitar de pedra em pedra, com graça e delicadeza... era ela!

A cada pulo da rã Peripá, o coração do sapo Cururú parecia que ia saltar do peito e sair pela boca, cada vez mais forte. E ele foi tomando coragem para que, assim que ela chegasse mais perto, ele pudesse se declarar.

11 - 12

Peripá chegou, tranquila, olhou para a linda casinha construída por seu amado. À sua volta, todos os animais assistiam àquele momento como se fossem uma verdadeira plateia. O sapo Cururú deu um passo à frente e, olhando fundo nos olhos da rã, se declarou:

— Rã Peripá, desde o dia em que te conheci não consigo pensar em mais nada. Até meus versos perdi com sua beleza e encanto. Por isso, diante de todos os animais que habitam o Vale Solamar, eu peço a sua mão em casamento. Prometo ser fiel e sempre te amar. Até a casa eu construí, agora só falta você aceitar!

Muito emocionada, ao ouvir tão linda declaração de amor, Peripá não conseguia mais esconder o que sentia, e respondeu:

— Sim, eu aceito! Na verdade, já tinha me apaixonado desde o primeiro dia. Não sei bem porque este sentimento eu escondia.

13-14

Os dois estavam muito felizes e logo marcaram a data do casamento. Eles convidaram seus pais, os maninhos e as maninhas e, também, todos os animais que viviam na beira do rio. Era uma alegria geral ver os preparativos para a festa.

15-16

Todos os dias, a noiva ia para a nova casa preparar o enxoval, fazendo rendinhas, forrinho de mesa, cortina para a janela e o vestido de noiva dela! Enquanto isso, lá fora, estava o sapo cantando na beira do rio para espantar o frio. Afinal, ele não podia ver o enxoval nem o vestido de noiva de sua futura esposa. Diziam que não dava boa sorte.

O Vale estava movimentado. As maninhas passavam sempre para lá e para cá, curiosas para saber do casamento e da noiva dentro da casa. O sapo, então, preparou uma canção para responder às perguntas assim:

Sapo Cururú,
Na beira do rio,
Quando o sapo canta, ó maninha,
É porque tem frio.

A mulher do sapo,
Deve estar lá dentro
Fazendo rendinha, ó maninha,
Para o casamento.

Fazendo rendinha, ó maninha,
Para o casamento.

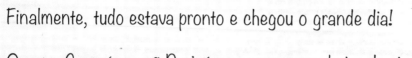

Finalmente, tudo estava pronto e chegou o grande dia!

O sapo Cururú e a rã Peripá se casaram na beira do rio, em uma linda cerimônia. Ao final, eles se despediram de todos os convidados. Depois, foram para sua casinha, onde viveram felizes para sempre.